Theodor Egon Ritter von Oppolzer

Nachweis für die im Berliner Jahrbuche für 1874 enthaltenen Ephemeriden der Planeten 58 Concordia, 59 Elpis, 62 Erato, 64 Angelina, 91 Ägina und 113 Amalthea

Antigonos

Theodor Egon Ritter von Oppolzer

Nachweis für die im Berliner Jahrbuche für 1874 enthaltenen Ephemeriden der Planeten 58 Concordia, 59 Elpis, 62 Erato, 64 Angelina, 91 Ägina und 113 Amalthea

Unveränderter Nachdruck der Originalausgabe von 1871.

1. Auflage 2024 | ISBN: 978-3-38631-978-2

Antigonos Verlag ist ein Imprint der Outlook Verlagsgesellschaft mbH.

Verlag: Outlook Verlag GmbH, Zeilweg 44, 60439 Frankfurt, Deutschland, info@outlook-verlag.de
Vertretungsberechtigt: E. Roepke, Zeilweg 44, 60439 Frankfurt, Deutschland
Druck: Libri Plureos GmbH, Friedensallee 273, 22763 Hamburg, Deutschland

Nachweis für die im Berliner Jahrbuche für 1874 enthaltenen Ephemeriden der Planeten (58) Concordia, (59) Elpis, (62) Erato, (64) Angelina, (91) Ägina und (113) Amalthea.

Von dem w. M. Prof. Dr. **Theodor Ritter v. Oppolzer.**

I. (58) Concordia.

Ich habe im LVII. Bande der Sitzungsberichte der k. Akademie der Wissenschaften, II. Abtheilung, Märzheft 1868, eine Bahnbestimmung des Planeten Concordia veröffentlicht, welche sich fünf beobachteten Oppositionen zwischen den Jahren 1860 bis 1867 anschloss, und ausserdem daselbst die bis Anfang 1871 fortgeführte Störungsrechnung nebst den Ephemeriden für die Jahre 1869 und 1870 mitgetheilt.

Es fand sich nämlich:

(58) Concordia.

Epoche, Oscul. und mittl. Aeq. 1865 Jan. 7·0 Berliner Zeit.

$$L = 210°34' \ 9''2$$
$$M = \ \ 21 \ 24 \ \ \ 4·2$$
$$\pi = 189 \ 10 \ \ \ 5·0$$
$$\Omega = 161 \ 19 \ 50·3$$
$$i = \ \ \ \ 5 \ \ \ 1 \ 50·5$$
$$\varphi = \ \ \ \ 2 \ 26 \ 21·8$$
$$\mu = 799''59642$$
$$\log a = 0·4314238.$$

Die nach diesen Elementen durchgeführten Vorausberechnungen erwiesen sich, wie mit Sicherheit erwartet werden konnte, als sehr nahe richtig; so ergab eine vorläufige Vergleichung der mir bekannt gewordenen Beobachtungen aus dem Jahre 1869 im Sinne Beob.—Rechnung:

Datum	Beobachtungs-ort	$d\alpha$	$d\delta$	
1869 März 23.	Lund	−0ˢ08	− 1·6	
25.		−0·17	+ 1·2	
„ 30.	„	−0·27	+ 1·3	
April 1.	Königsberg	−0·09	− 1·3	
1.	Bilk	+0·34	− 2·1	
1.	Lund	−0·26	+ 4·1	
2.		−0·56	+ 4·7	VIII. Opposition.
4.	„	−0·20	+ 3·2	
7.	Warschau	+0·30	(+12·9)	
10.	„	+0·02	+ 3·3	
13.	Leipzig	−0·46	− 5·2	
13.	Warschau	−0·12	− 1·6	
14.	Leipzig	−0·37	− 6·9	
„ 22.	„	−0·16	− 1·1	
im Mittel.		−0ˢ15	− 0ʺ2	

Im Jahre 1870 fand sich:

Datum	Beobachtungs-ort	$d\alpha$	$d\delta$	
1870 Juli 20.	Paris	−0ˢ15	+1ʺ3	
22.	„	−0·07	−1·0	
23.	Leipzig	−0·47	−0·4	
23.	Paris.	−0·31	+1·3	
24.	Leiden	—	+0·7	
24.	Leipzig.	+0·03	0·0	IX. Opposition.
25.	„	−0·11	+0·6	
25.	Lund	−0·53	−0·8	
25.	Paris.	−0·12	0·0	
26.	Leipzig	+0·24	−1·5	
„ 27.	Leiden	−0·40	−1·7	
im Mittel.		−0ˢ19	−0ʺ1	

Es lässt sich daher mit Sicherheit erwarten, dass die angewandten Elemente noch durch eine lange Reihe von Jahren ausreichend zur Herstellung genauer Ephemeriden befunden werden. Um nun die weiteren Vorausberechnungen durchführen zu können, war es zunächst nöthig, die Störungsrechnungen fortzusetzen. Ich habe im Anschluss an meine, in der oben angeführten Abhandlung veröffentlichten Zahlen die folgenden Werthe der Differentialquotienten der Störungen durch Jupiter und Saturn erhalten:

Mittl. Ekliptik 1870·0.

$$\mathrm{♃} = \frac{1}{1049}.$$

Datum	$40\,di:dt$	$40\,d\Omega:dt$	$40\,d\varphi:dt$	$40\,d\pi:dt$	$1600\,d\mu:dt$	$40\,dL:dt$
1870 Dec. 27	$+0°353$	$-\ 0°271$	$+\ 6°479$	$-\ 1′56°73$	$+1°8543$	$+\ 2°428$
1871 Febr. 5	$+0·321$	$+\ 0·279$	$+\ 6·371$	$-\ 1\ 40·94$	$+1·7087$	$+\ 3·732$
März 17	$+0·276$	$+\ 0·699$	$+\ 6·006$	$-\ 1\ 27·72$	$+1·5159$	$+\ 4·990$
April 26	$+0·221$	$+\ 0·951$	$+\ 5·402$	$-\ 1\ 17·66$	$+1·2724$	$+\ 6·174$
Juni 5	$+0·159$	$+\ 0·995$	$+\ 4·574$	$-\ 1\ 12·40$	$+0·9744$	$+\ 7·251$
Juli 15	$+0·093$	$+\ 0·801$	$+\ 3·555$	$-\ 1\ 13·54$	$+0·6179$	$+\ 8·179$
Aug. 24	$+0·029$	$+\ 0·337$	$+\ 2·394$	$-\ 1\ 22·37$	$+0·1973$	$+\ 8·909$
Oct. 3	$-0·027$	$-\ 0·416$	$+\ 1·138$	$-\ 1\ 41·09$	$-0·2926$	$+\ 9·379$
Nov. 12	$-0·070$	$-\ 1·471$	$-\ 0·127$	$-\ 2\ 10·56$	$-0·8564$	$+\ 9·506$
Dec. 22	$-0·091$	$-\ 2·832$	$-\ 1·313$	$-\ 2\ 51·72$	$-1·4981$	$+\ 9·184$
1872 Jän. 31	$-0·082$	$-\ 4·481$	$-\ 2·317$	$-\ 3\ 44·81$	$-2·2164$	$+\ 8·280$
März 11	$-0·032$	$-\ 6·377$	$-\ 2·989$	$-\ 4\ 49·47$	$-3·0032$	$+\ 6·617$
April 20	$+0·069$	$-\ 8·444$	$-\ 3·321$	$-\ 6\ \ 2·94$	$-5·8347$	$+\ 3·993$
Mai 30	$+0·231$	$-10·545$	$-\ 3·234$	$-\ 7\ 20·97$	$-4·6617$	$+\ 0·172$
Juli 9	$+0·461$	$-12·462$	$-\ 2·783$	$-\ 8\ 37·28$	$-5·3933$	$-\ 5·066$
Aug. 18	$+0·756$	$-13·888$	$-\ 2·196$	$-\ 9\ 36·81$	$-5·8878$	$-11·814$
Sept. 27	$+1·095$	$-14·404$	$-\ 1·639$	$-10\ 10·77$	$-5·9359$	$-19·855$
Nov. 6	$+1·431$	$-13·639$	$-\ 2·382$	$-10\ \ 1·31$	-5.3101	$-28·416$
Dec. 16	$+1·689$	$-11·383$	$-\ 4·797$	$-\ 9\ \ 4·28$	$-3·8635$	$-35·973$
1873 Jän. 25	$+1·791$	$-\ 7·905$	$-\ 9·090$	$-\ 7\ \ 4·28$	$-1·6739$	$-40·618$
März 6	$+1·694$	$-\ 3·983$	$-14·528$	$-\ 5\ 42·39$	$+0·8626$	$-40·888$
April 15	$+1·426$	$-\ 0·579$	$-19·476$	$-\ 4\ 18·47$	$+3·1625$	$-36·530$
Mai 25	$+1·073$	$+\ 1·636$	$-22·794$	$-\ 3\ 21·51$	$+4·7668$	$-29·001$
Juli 4	$+0·726$	$+\ 2·578$	$-23·666$	$-\ 2\ 54·45$	$+5·5107$	$-20·311$
Aug. 13	$+0·442$	$+\ 2·570$	$-22·344$	$-\ 2\ 43·66$	$+5·5094$	$-12·124$
Sept. 22	$+0·241$	$+\ 2·048$	$-19·581$	$-\ 2\ 37·19$	$+5·0033$	$-\ 5·349$

$$\hbar = \frac{1}{3501 \cdot 6}$$

D a t u m	$40\ di:dt$	$40\ d\Omega:dt$	$40\ d\varphi:dt$	$40\ d\pi:dt$	$1600\ d\mu:dt$	$40\ dL:dt$
1870 Dec. 27	$+0°012$	$-0°009$	$+0°195$	$-6°76$	$+0°0734$	$+0°331$
1871 Febr. 5	$+0·006$	$+0·005$	$+0·093$	$-5·23$	$+0·0399$	$+0·377$
März 17	$+0·001$	$+0·003$	$-0·012$	$-4·19$	$+0·0079$	$+0·385$
April 26	$-0·003$	$-0·013$	$-0·111$	$-3·65$	$-0·0209$	$+0·359$
Juni 5	$-0·006$	$-0·040$	$-0·196$	$-3·54$	$-0·0456$	$+0·307$
Juli 15	$-0·008$	$-0·072$	$-0·264$	$-3·78$	$-0·0654$	$+0·235$
Aug. 24	$-0·009$	$-0·107$	$-0·312$	$-4·23$	$-0·0803$	$+0·149$
Oct. 3	$-0·009$	$-0·142$	$-0·339$	$-4·76$	$-0·0899$	$+0·054$
Nov. 12	$-0·008$	$-0·175$	$-0·349$	$-5·26$	$-0·0945$	$-0·043$
Dec. 22	$-0·007$	$-0·203$	$-0·342$	$-5·59$	$-0·0941$	$-0·139$
1872 Jän. 31	$-0·004$	$-0·225$	$-0·324$	$-5·70$	$-0·0892$	$-0·230$
März 11	$-0·001$	$-0·240$	$-0·299$	$-5·54$	$-0·0800$	$-0·311$
April 20	$+0·002$	$-0·246$	$-0·273$	$-5·05$	$-0·0670$	$-0·380$
Mai 30	$+0·005$	$-0·245$	$-0·251$	$-4·28$	$-0·0508$	$-0·435$
Juli 9	$+0·008$	$-0·234$	$-0·237$	$-3·30$	$-0·0322$	$-0·472$
Aug. 18	$+0·012$	$-0·216$	$-0·235$	$-2·17$	$-0·0117$	$-0·491$
Sept. 27	$+0·014$	$-0·190$	$-0·244$	$-1·09$	$+0·0097$	$-0·490$
Nov. 6	$+0·017$	$-0·158$	$-0·266$	$-0·04$	$+0·0310$	$-0·469$
Dec. 16	$+0·018$	$-0·121$	$-0·297$	$+0·81$	$+0·0512$	$-0·429$
1873 Jän. 25	$+0·019$	$-0·083$	$-0·333$	$+1·39$	$+0·0692$	$-0·370$
März 6	$+0·019$	$-0·043$	$-0·367$	$+1·65$	$+0·0838$	$-0·295$
April 15	$+0·018$	$-0·007$	$-0·393$	$+1·53$	$+0·0939$	$-0·207$
Mai 25	$+0·016$	$+0·024$	$-0·404$	$+1·28$	$+0·0985$	$-0·109$
Juli 4	$+0·013$	$+0·048$	$-0·396$	$+0·95$	$+0·0967$	$-0·006$
Aug. 13	$+0·011$	$+0·061$	$-0·363$	$+0·71$	$+0·0879$	$+0·096$
Sept. 22	$+0·007$	$+0·062$	$-0·308$	$+0·75$	$+0·0719$	$+0·191$

Betrachtet man als Osculationspunkt: 1865 Jänner 7·0 Berliner Zeit und integrirt mit Hilfe der in der oben citirten Abhandlung enthaltenen Differentialquotienten die Störungen von dieser Epoche an, so erhält man die folgenden Störungstafeln, die sich an die bereits am citirten Orte gegebenen erweiternd anschliessen, und denen die fixe mittlere Ekliptik 1870·0 als Fundamentalebene zu Grunde liegt.

Störungswerthe durch Jupiter.

Datum	Δi	$\Delta \Omega$	$\Delta \pi$	$\Delta \varphi$	ΔL	$\Delta \mu$
1871 Jän. 16	+21″0	−7′23″1	−2° 9′42″	+8′23″2	−2′47″1	+0″481
Febr. 25	+21·3	−7 22·8	−2 11 23	+8 29·6	−2 23·3	+0·524
April 6	+21·6	−7 22·1	−2 12 51	+8 35·6	−1 56·6	+0·562
Mai 16	+21·8	−7 21·2	−2 14 9	+8 41·0	−1 27·4	+0·593
Juni 25	+22·0	−7 20·2	−2 15 22	+8 45·5	−0 55·9	+0·618
Aug. 4	+22·1	−7 19·4	−2 16 36	+8 49·1	−0 22·7	+0·633
Sept. 13	+22·1	−7 19·1	−2 17 58	+8 51·5	+0 11·6	+0·638
Oct. 23	+22·1	−7 19·5	−2 19 40	+8 52·6	+0 46·4	+0·631
Dec. 2	+22·0	−7 21·0	−2 21 51	+8 52·5	+1 20·7	+0·609
1872 Jän. 11	+21·9	−7 23·8	−2 24 43	+8 51·2	+1 53·5	+0·572
Febr. 20	+21·9	−7 28·3	−2 28 28	+8 48·9	+2 23·5	+0·516
März 31	+21·8	−7 34·8	−2 33 18	+8 45·9	+2 49·4	+0·441
Mai 10	+21·9	−7 43·2	−2 39 21	+8 42·6	+3 9·0	+0·345
Juni 20	+22·1	−7 53·7	−2 46 42	+8 39·4	+3 20·7	+0·229
Juli 29	+22·6	−8 6·2	−2 55 19	+8 36·6	+3 22·1	+0·094
Sept. 7	+23·4	−8 20·0	−3 4 55	+8 34·4	+3 11·1	−0·053
Oct. 17	+24·5	−8 34·3	−3 15 4	+8 32·7	+2 46·1	−0·201
Nov. 26	+25·9	−8 47·9	−3 25 3	+8 30·3	+2 7·0	−0·334
1873 Jän. 5	+27·6	−8 59·3	−3 34 6	+8 25·4	+1 15·8	−0·429
Febr. 14	+29·3	−9 7·2	−3 41 35	+8 16·2	+0 17·0	−0·470
März 26	+31·0	−9 11·1	−3 47 18	+8 1·7	−0 42·2	−0·449
Mai 5	+32·4	−9 11·8	−3 51 37	+7 42·3	−1 35·2	−0·370
Juni 14	+33·5	−9 10·2	−3 55 0	+7 19·7	−2 16·7	−0·252
Juli 24	+34·3	−9 7·7	−3 57 56	+6 56·1	−2 44·4	−0·115
Sept. 2	+34·7	−9 5·1	−4 0 39	+6 33·8	−2 58·4	+0·022
Oct. 12	+34·9	−9 3·1	−4 3 16	+6 14·3	−3 0·4	+0·147

Datum	Δi	$\Delta\Omega$	$\Delta\pi$	$\Delta\varphi$	ΔL	$\Delta\mu$
1871 Jän. 16	$+0''1$	$-\;9''5$	$-0'58''$	$+0''7$	$+22''9$	$+0''027$
Febr. 25	$+0\cdot1$	$-\;9\cdot5$	$-1\;\;3$	$+0\cdot8$	$+24\cdot4$	$+0\cdot028$
April 6	$+0\cdot1$	$-\;9\cdot5$	$-1\;\;7$	$+0\cdot8$	$+25\cdot9$	$+0\cdot029$
Mai 16	$+0\cdot1$	$-\;9\cdot5$	$-1\;11$	$+0\cdot7$	$+27\cdot4$	$+0\cdot028$
Juni 25	$+0\cdot1$	$-\;9\cdot5$	$-1\;14$	$+0\cdot5$	$+28\cdot8$	$+0\cdot027$
Aug. 4	$+0\cdot1$	$-\;9\cdot6$	$-1\;18$	$+0\cdot2$	$+30\cdot1$	$+0\cdot025$
Sept. 13	$0\cdot0$	$-\;9\cdot7$	$-1\;22$	$-0\cdot1$	$+31\cdot2$	$+0\cdot023$
Oct. 23	$0\cdot0$	$-\;9\cdot8$	$-1\;27$	$-0\cdot4$	$+32\cdot2$	$+0\cdot021$
Dec. 2	$0\cdot0$	$-10\cdot0$	$-1\;32$	$-0\cdot8$	$+32\cdot9$	$+0\cdot019$
1872 Jän. 11	$0\cdot0$	$-10\cdot2$	$-1\;38$	$-1\cdot1$	$+33\cdot5$	$+0\cdot016$
Febr. 20	$0\cdot0$	$-10\cdot4$	$-1\;44$	$-1\cdot4$	$+33\cdot8$	$+0\cdot014$
März 31	$0\cdot0$	$-10\cdot7$	$-1\;49$	$-1\cdot7$	$+34\cdot0$	$+0\cdot012$
Mai 10	$0\cdot0$	$-10\cdot9$	$-1\;54$	$-2\cdot0$	$+34\cdot1$	$+0\cdot010$
Juni 20	$0\cdot0$	$-11\cdot2$	$-1\;58$	$-2\cdot2$	$+34\cdot1$	$+0\cdot009$
Juli 29	$0\cdot0$	$-11\cdot4$	$-2\;\;2$	$-2\cdot5$	$+33\cdot9$	$+0\cdot008$
Sept. 7	$0\cdot0$	$-11\cdot6$	$-2\;\;4$	$-2\cdot7$	$+33\cdot8$	$+0\cdot008$
Oct. 17	$+0\cdot1$	$-11\cdot8$	$-2\;\;5$	$-3\cdot0$	$+33\cdot6$	$+0\cdot008$
Nov. 26	$+0\cdot1$	$-12\cdot0$	$-2\;\;5$	$-3\cdot2$	$+33\cdot5$	$+0\cdot009$
1873 Jän. 5	$+0\cdot1$	$-12\cdot1$	$-2\;\;4$	$-3\cdot5$	$+33\cdot5$	$+0\cdot010$
Febr. 14	$+0\cdot1$	$-12\cdot2$	$-2\;\;3$	$-3\cdot9$	$+33\cdot5$	$+0\cdot012$
März 26	$+0\cdot1$	$-12\cdot2$	$-2\;\;1$	$-4\cdot2$	$+33\cdot8$	$+0\cdot014$
Mai 5	$+0\cdot1$	$-12\cdot2$	$-2\;\;0$	$-4\cdot6$	$+34\cdot2$	$+0\cdot017$
Juni 14	$+0\cdot2$	$-12\cdot2$	$-1\;58$	$-5\cdot0$	$+34\cdot8$	$+0\cdot019$
Juli 24	$+0\cdot2$	$-12\cdot1$	$-1\;57$	$-5\cdot4$	$+35\cdot6$	$+0\cdot021$
Sept. 2	$+0\cdot2$	$-12\cdot1$	$-1\;57$	$-5\cdot8$	$+36\cdot6$	$+0\cdot024$
Oct. 12	$+0\cdot2$	$-12\cdot0$	$-1\;56$	$-6\cdot1$	$+37\cdot7$	$+0\cdot025$

Im Jahre 1871 trifft am 3. November die Opposition der Concordia mit der Sonne ein; um nun das gesammte Rechnungsmateriale gesammelt vorgelegt zu haben, führe ich hier die betreffenden Ephemeriden und deren Grundlagen an, die sich leicht aus den vorstehenden Zahlen ergeben.

Angewandte Elemente.

Epoche und Osculation 1871 Oct. 23·0 Berl. Zt.
mittl. Äquinoct. 1870·0

$$L = 41°29'37''1$$
$$M = 214\ 36\ 28\cdot8$$
$$\pi = 186\ 53\ \ 8\cdot3$$
$$\Omega = 161\ 16\ 25\cdot6$$
$$i = \ \ 5\ \ 2\ 10\cdot2$$
$$\varphi = \ \ 2\ 35\ 14\cdot2$$
$$\mu = 800''248$$
$$\log a = 0\cdot431188$$

$$x = [0\cdot431010]\ \sin\ (E+276°56'45''2) + 0\cdot120888$$
$$y = [0\cdot407257]\ \sin\ (E+187\ 30\ 23\cdot6) + 0\cdot015063$$
$$z = [9\cdot937901]\ \sin\ (E+182\ 11\ 29\cdot5) + 0\cdot001496.$$

(58) Concordia 1871.

Jahresephemeride.

0ʰ Berl. Zeit		A. R.	Decl.	log Δ	log r
Jän.	16	22ʰ 9ᵐ1	−11°24'	0·552	0·448
Febr.	5	22 39·5	− 8 48	0·569	0·449
Febr.	25	23 10·3	− 5 56	0·578	0·449
März	17	23 40·9	− 2 57	0·581	0·450
April	6	0 11·3	+ 0 3	0·578	0·450
„	26	0 41·2	+ 2 57	0·568	0·450
Mai	16	1 10·2	+ 5 39	0·552	0·450
Juni	5	1 38·1	+ 8 3	0·530	0·450
Juni	25	2 4·5	+10 3	0·501	0·450
Juli	15	2 28·0	+11 34	0·466	0·450
Aug.	4	2 47·8	+12 30	0·424	0·449
	24	3 1·8	+12 48	0·379	0·449
Sept.	13	3 8·3	+12 24	0·332	0·448
Oct.	3	3 4·7	+11 18	0·289	0·448
„	23	2 52·1	+ 9 42	0·262	0·447
Nov.	12	2 35·1	+ 8 2	0·260	0·446
Dec.	2	2 21·0	+ 7 1	0·285	0·445
	22	2 15·2	+ 6 58	0·326	0·444
	42	2 19·1	+ 7 52	0·373	0·443

Oppositionsephemeride.

12ʰ m. Berl. Zeit	α	δ	log Δ	Abrrzt.
1871 Oct. 16	2ʰ56ᵐ59ˢ05	+10°15'21"4	0·268628	15ᵐ24ˢ
17	2 56 16·46	+10 10 14·4	0·267493	15 22
18	2 55 32·90	+10 5 5·6	0·266417	15 19
19	2 54 48·41	+ 9 59 55·3	0·265401	15 17
20	2 54 3·03	+ 9 54 43·8	0·264446	15 15
21	2 53 16·82	+ 9 49 31·2	0·263553	15 13
22	2 52 29·82	+ 9 44 17·8	0·262723	15 12
23	2 51 42·10	+ 9 39 4·0	0·261956	15 10
24	2 50 53·70	+ 9 33 50·0	0·261253	15 9
25	2 50 4·68	+ 9 28 36·1	0·260616	15 7
26	2 49 15·10	+ 9 23 22·5	0·260046	15 6
27	2 48 25·01	+ 9 18 9·6	0·259542	15 5
28	2 47 34·45	+ 9 12 57·8	0·259104	15 4
29	2 46 45·48	+ 9 7 47·3	0·258735	15 3
30	2 45 52·16	+ 9 2 38·3	0·258434	15 3
31	2 45 0·55	+ 8 57 31·3	0·258202	15 2
Nov. 1	2 44 8·71	+ 8 52 26·6	0·258038	15 2
☊ 2	2 43 16·69	+ 8 47 24·4	0·257944	15 2
3	2 42 24·55.	+ 8 42 25·1	0·257920	15 2
4	2 41 32·34	+ 8 37 29·0	0·257965	15 2
5	2 40 40·13	+ 8 32 36·5	0·258080	15 2
6	2 39 48·00	+ 8 27 47·8	0·258264	15 2
7	2 38 56·00	+ 8 23 3·3	0·258518	15 3
8	2 38 4·19	+ 8 18 23·2	0·258840	15 3
9	2 37 12·64	+ 8 13 47·8	0·259232	15 4
10	2 36 21·40	+ 8 9 17·6	0·259693	15 5
11	2 35 30·53	+ 8 4 52·7	0·260223	15 6
12	2 34 40·09	+ 8 0 33·5	0·260820	15 8
13	2 33 50·15	+ 7 56 20·3	0·261484	15 9
14	2 33 0·77	+ 7 52 13·6	0·262214	15 11
15	2 32 12·00	+ 7 48 13·4	0·263009	15 12
16	2 31 23·90	+ 7 44 20·1	0·263868	15 14
17	2 30 36·51	+ 7 40 33·9	0·264790	15 16
18	2 29 49·89	+ 7 36 55·0	0·265775	15 18
19	2 29 4·09	+ 7 33 23·5	0·266821	15 20
20	2 28 19·16	+ 7 29 59·7	0·267928	15 23
21	2 27 35·14	+ 7 26 43·6	0·269094	15 25

(58) ☊ ☉ Nov. 3; 8ʰ

Lichtstärke = 0·82

Grösse = 11·8

Im Jahre 1872 tritt keine Opposition der Concordia ein und es war nur nöthig, genäherte Angaben für die Jahresephemeride abzuleiten; es ist zu diesem Zwecke völlig ausreichend gewesen, die obigen, für 1871 Oct. 23 osculirenden Elemente ohne weitere Rücksicht auf Störungen anzuwenden und ich habe so erhalten:

(58) Concordia 1872.

Jahresephemeride.

0ʰ Berl. Zeit	A. R.	Decl.	log Δ	log r
Jän. 11	$2^h\,19^m1$	$+\ 7°52'$	0·373	0·443
„ 31	2 31·7	$+\ 9\ 27$	0·420	0·442
Febr. 20	2 50·8	$+11\ 24$	0·461	0·441
März 11	3 15·0	$+13\ 29$	0·496	0·440
„ 31	3 43·1	$+15\ 29$	0·524	0·438
April 20	4 14·0	$+17\ 15$	0·545	0·437
Mai 10	4 47·2	$+18\ 38$	0·560	0·436
30	5 21·9	$+19\ 34$	0·568	0·434
Juni 19	5 57·5	$+19\ 59$	0·571	0·433
Juli 9	6 33·5	$+19\ 52$	0·567	0·432
„ 29	7 8·8	$+19\ 10$	0·558	0·430
Aug. 18	7 43·3	$+18\ \ 0$	0·543	0·428
Sept. 7	8 16·1	$+16\ 27$	0·521	0·427
„ 27	8 46·7	$+14\ 35$	0·493	0·225
Oct. 17	9 14·4	$+12\ 37$	0·458	0·424
Nov. 6	9 37·8	$+10\ 42$	0·416	0·422
„ 26	9 56·0	$+\ 9\ \ 7$	0·368	0·421
Dec. 16	10 6·6	$+\ 8\ 10$	0·315	0·419
36	10 8·0	$+\ 8\ 10$	0·265	0·418

Schliesslich will ich zu meiner Eingangs citirten Abhandlung über Concordia berichtigend zufügen, dass auf pag. 28 die Declination des fünften Normalortes 1867 Dec. 15·5 durch einen Druckfehler etwas entstellt ist, derselbe soll lauten statt $+15°38'32''9$ richtig $+15°38'38''9$.

II. (59) Elpis.

Im LXI. Bande der Sitzungsberichte der k. Akademie der Wissensch. II. Abth. Mai-Heft Jahrg. 1870 habe ich eine Bahnbestimmung des Planeten (59) Elpis veröffentlicht; dieselbe gründete sich auf 8 innerhalb des Zeitraumes 1860—1869 beobachtete Oppositionen, und die für diesen Planeten weiter durchgeführten Störungsrechnungen und Ephemeriden für 1872 sind der Abhandlung angeschlossen, so dass ich hier weiter nichts hinzuzufügen habe, ausser die Vergleichung einiger Beobachtungen aus der 9. Opposition, die einen erträglichen Anschluss der Rechnung an die Beobachtungen erkennen liessen.

Datum	Beobachtungs-ort	$d\alpha$	$d\delta$	
1871 Febr. 1	Lund	$+0^{s}70$	$+1^{v}2$	
2	„	$+0 \cdot 48$	$+1 \cdot 5$	
11	Leiden	$+0 \cdot 38$	$-1 \cdot 5$	IX. Opposition.
„ 12	„	$+0 \cdot 40$	$-1 \cdot 9$	
Im Mittel.		$+0^{s}49$	$-0^{v}2.$	

III. (62) Erato.

Meine im LXIII. Bande der Sitzungsb. der k. Akademie der Wissensch. II. Abth. April-Heft Jahrgang 1871 veröffentlichte Abhandlung über den in Verlust gerathenen Planeten (62) Erato hatte den Zweck, die Wiederauffindung desselben zu ermöglichen und hat in der That das angestrebte Ziel fast ohne Schwierigkeit zu erlangen gestattet, indem die von mir angestellten Nachforschungen schon in der ersten Nacht (9. August 1871) den Planeten auffinden liessen. Ich hatte mir, um die Aufsuchung möglichst bald zu ermöglichen, die in der Abhandlung mitgetheilte Oppositionsephemeride bis zum 10. August erweitert; die gefundenen Zahlen, die sich an die erwähnte Ephemeride erweiternd anschliessen, sind:

12^{h} Berl. Zeit	α	δ	log. Δ	Abrrzt.
1871 Aug. 10	$0^{h}\ 4^{m}53^{s}10$	$-1°41'50''0$	$0 \cdot 2822$	$15^{m}53^{s}$
11	$0\ \ 4\ 42 \cdot 97$	$-1\ 44\ 11 \cdot 4$	$0 \cdot 2799$	$15\ 48$
12	$0\ \ 4\ 31 \cdot 50$	$-1\ 46\ 41 \cdot 4$	$0 \cdot 2777$	$15\ 44$

12ʰ Berl. Zeit	α	δ	log. Δ	Abrrzt.
1871 Aug. 13	0ʰ 4ᵐ18ˢ69	—1°49'19"8	0·2755	15ᵐ39ˢ
14	0 4 4·56	—1 52 6·7	0·2734	15 34
15	0 3 49·11	--1 55 2·0	0·2713	15 30
16	0 3 32·34	—1 58 5·5	0·2692	15 25
17	0 3 14·26	—2 1 17·2	0·2672	15 21
18	0 2 54·89	—2 4 36·9	0·2652	15 17
19	0 2 34·27	—2 8 4·5	0·2632	15 13
20	0 2 12·39	—2 11 39·8	0·2613	15 9
21	0 1 49·26	—2 15 22·7	0·2594	15 5
22	0 1 24·91	—2 19 12·9	0·2576	15 1
23	0 0 59·38	—2 23 10·2	0·2558	14 57
24	0 0 32·69	—2 27 14·5	0·2541	14 54
25	0 0 4·86	—2 31 25·5	0·2524	14 50
26	23 59 35·91	—2 35 42·9	0·2508	14 47
27	23 59 5·87	—2 40 6·6	0·2492	14 44
28	23 58 34·78	—2 44 36·2	0·2477	14 41
29	23 58 2·67	—2 49 11·6	0·2462	14 38
30	23 57 29·54	—2 53 52·5	0·2448	14 35

Meine beiden ersten Beobachtungen in der diesjährigen
zehnten Opposition sind:

m. Zt. Josefstadt	*app* α	Parall.	*app* δ	Parall.
1871 Aug. 9	12ʰ35ᵐ30ˢ 0ʰ4ᵐ40ˢ14	—0ˢ12	—1°41'56"5	+3"5
12	11 25 22 0 4 10·34	—0·16	—1 48 55·9	+3·5

und nach denselben finden sich die Correctionen der obigen
Ephemeride:

	$d\alpha$	$d\delta$
1871 Aug. 9	—21ˢ83	—2'15"1
12	—21·84	—2 17·7,

welche Fehler in Anbetracht der ungünstigen Umstände als
mässig bezeichnet werden müssen. Die Notiz über die Wiederauffindung der Erato habe ich Nr. 1858 der Astron. Nachr.
eingerückt.

In meiner oben citirten Abhandlung habe ich aus den Beobachtungen der ersten zwei Oppositionen das wahrscheinlichste
Elementensystem abgeleitet, dieses aber nach einer nachträglichen
isolirten, damals einigermassen zweifelhaften Berliner Beobachtung
aus der dritten Opposition verbessert; es zeigt sich nun jetzt,
dass ohne diese Beobachtung, wenn sie auch das Vertrauen in
die vorausberechneten Orte wesentlich gestärkt und damit dem

Beobachter beträchtlichen Nutzen geschafft hat, die Auffindung hätte ebenso leicht bewerkstelligt werden können, denn die Correction der oben erwähnten ersteren Elemente beträgt für den 10. August $d\alpha = +25^{s}8$, $d\delta = +2'32''$, also nicht wesentlich grösser, als die oben angesetzten Fehler der Ephemeride; ich lege daher für die nächste vorläufige Verbesserung der Elemente das erstere, sich an die Beobachtungen der zwei ersten Oppositionen sich anschliessende System zu Grunde; ich habe dasselbe in der Abhandlung auf die Form gebracht:

$$\text{\textcircled{62}}\ \text{E r a t o.}$$

Mittl. Äq. $1860\cdot0$, Oscul. und Epoche 1860 Sept. $30\cdot0$ mittl. Berl. Zeit.

$$
\begin{aligned}
L &= 14°38'38''6 - 3'44''14\ \Delta\mu \\
M &= 340472\cdot6 + 313\cdot15\ \Delta\mu \\
\pi &= 335136\cdot0 - 657\cdot29\ \Delta\mu \\
\Omega &= 126931\cdot1 + 00\cdot27\ \Delta\mu \\
i &= 21220\cdot3 - 01\cdot31\ \Delta\mu \\
\varphi &= 94926\cdot5 - 231\cdot45\ \Delta\mu \\
\mu &= 641''06372 + \Delta\mu \\
\log a &= 0\cdot4954036 - 0\cdot0004517\ \Delta\mu
\end{aligned}
$$

und dieses System hat die Eigenschaft, dass es für ein gegebenes $\Delta\mu$ (Verbesserung der täglichen mittleren siderischen Bewegung in Einheiten der Bogensecunde) das wahrscheinlichste System gibt, indem die Summe der Fehlerquadrate in den zwei ersten Oppositionen von Fall zu Fall ein Minimum wird; $\Delta\mu = 0$ gesetzt gibt das absolut kleinste Minimum. Die oben angesetzte Ephemeride entspricht dem Werthe $\Delta\mu = +0''10277$ (vergl. den Anhang zu meiner citirten Erato-Abhandlung), ich schliesse nun aus den beiden oben angeführten Correctionen, die einerseits dem eben angeführten Werth von $\Delta\mu$, anderseits dem Werthe $\Delta\mu = 0$ entsprechen, dass die obigen Beobachtungen nahe dargestellt werden, wenn man setzt

$$\Delta\mu = +0''05445.$$

Verbessert man dem entsprechend die obigen Elemente und bringt die in der Abhandlung mitgetheilten Jupiter- und Saturn-Störungen von der Osculationsepoche bis 1871 September $13\cdot0$ an, so erhält man die folgenden Elemente, welche für die Beischaffung der Ephemeriden und weiteren Störungsrechnungen zunächst als völlig ausreichend bezeichnet werden können.

$$\textcircled{62}\quad \text{E r a t o.}$$

Epoche und Osculation 1871 Sept. 13·0 mittl. Berl. Zeit
mittl. Äq. 1870·0.

$$
\begin{aligned}
L &= 5°56'15''3 \\
M &= 328\ 30\ 16·2 \\
\pi &= 37\ 25\ 59·1 \\
\Omega &= 125\ 48\ 56·6 \\
i &= 2\ 12\ 29·4 \\
\varphi &= 9\ 46\ 27·9 \\
\mu &= 641''3390 \\
\log. a &= 0·4952793
\end{aligned}
$$

Es fragt sich nun zunächst, wie durch dieses Elementensystem die Berliner Beobachtung der dritten Opposition dargestellt wird; macht man von den im Anhange zur Abhandlung angeführten Coëfficienten Gebrauch, so findet sich der Fehler der obigen Elemente in der dritten Opposition

$$d\alpha = +1\rlap{.}^s 08 \qquad d\delta = -6''7$$

welcher Fehler sich durch eine erneute Ausgleichung wohl leicht beträchtlich herabmindern liesse; ich habe aber diese Differenz vorerst auf sich beruhen lassen, da dieselbe einerseits nicht sehr beträchtlich ist und ferner kaum einen wesentlichen Einfluss auf die Bestimmung von $\Delta\mu$ nehmen dürfte, daher gleichsam nur einen periodischen Fehler während eines Umlaufes veranlasst, der keineswegs eine sehr merkbare Grösse erreichen kann, und für die nächsten Zwecke der weiteren Verfolgung des Planeten ganz ohne Bedeutung ist; ich beabsichtige aber, sobald mir verlässliches Beobachtungsmaterial aus der kommenden Opposition (Jänner 1873) zur Verfügung steht, mit Hinzuziehung der sodann auf fünf Oppositionen sich erstreckenden Beobachtungen eine erneute strenge Ausgleichung vorzunehmen.

Um schliesslich die Zuverlässigkeit meiner oben angeführten Beobachtungen völlig zu erweisen, habe ich eine den verbesserten Elementen entsprechende Ephemeride für die Opposition 1871 abgeleitet und mit drei September-Beobachtungen, die ich der Güte des Herrn L. Schulhof, Assistenten der Wiener Sternwarte, verdanke, verglichen; ich fand zunächst:

12ʰ Berl. Zeit		δ	log. Δ	Abrrzt.
1871 Sept. 3	23ʰ54ᵐ42ˢ82	—3°15'57"6	0·2397	14ᵐ25ˢ
4	23 54 5·18	—3 21 1·5	0·2386	14 22
5	23 53 26·74	—3 26 9·4	0·2375	14 20
6	23 52 47·55	—3 31 20·9	0·2365	14 18
7	23 52 7·65	—3 36 35·6	0·2355	14 16
8	23 51 27·09	—3 41 53·1	0·2346	14 14
9	23 50 45·93	—3 47 12·9	0·2339	14 13
10	23 50 4·23	—3 52 34·7	0·2331	14 12
11	23 49 22·04	—3 57 58·1	0·2324	14 10
12	23 48 39·42	—4 3 22·6	0·2318	14 9
13	23 47 56·43	—4 8 47·9	0·2313	14 8
14	23 47 13·11	—4 14 13·6	0·2308	14 7
15	23 46 29·51	—4 19 39·2	0·2304	14 6
16	23 45 45·69	—4 25 4·4	0·2301	14 6
☍ 17	23 45 1·70	—4 30 28·8	0·2298	14 5
18	23 44 17·61	—4 35 51·9	0·2296	14 5
19	23 43 33·49	—4 41 13·4	0·2294	14 4
20	23 42 49·39	—4 46 32·9	0·2294	14 4
21	23 42 5·37	—4 51 49·9	0·2294	14 4
22	23 41 21·48	—4 57 4·1	0·2295	14 4
23	23 40 37·77	—5 2 15·1	0·2296	14 5

Vergleicht man nun mit dieser Ephemeride die drei Wiener Beobachtungen, so erhält man als Ephemeridencorrectionen:

	$d\alpha$	$d\delta$	
1871 Sept. 9	+0ˢ09	+5"1	
10	+0·26	+5·6	X. Opposition.
11	0·00	—2·3	
im Mittel	+0ˢ12	+2"8 [1]	

womit die gewünschte Prüfung erreicht ist.

---

[1] Nachträglich kam mir von Herrn Asaph Hall in Washington die Mittheilung zu, dass ihm am 5. September die Wiederauffindung der Erato gelungen sei, ohne noch von meiner am 9. August erfolgten Constatirung in Kenntniss gewesen zu sein; seine Beobachtung wird durch die obige verbesserte Ephemeride dargestellt: 1871 Sept. 5. Washington $d\alpha = +0ˢ14$, $d\delta = +0"9$.

Die nächste Aufgabe nun war die Ermittlung der Störungswerthe; indem ich das Intervall mit 40 Tagen annahm, als fixe
Fundamentalebene die mittlere Ekliptik 1870·0 wählte und über
die Masse der störenden Planeten die folgenden Annahmen
machte

$$\text{♃} = \frac{1}{1049} \qquad \text{♄} = \frac{1}{3501\cdot6}$$

fanden sich die folgenden Differentialquotienten der Störungen.

Jupiter.

Datum	$40\,di:dt$	$40\,d\Omega:dt$	$40\,d\varphi:dt$	$40\,d\pi:dt$	$1600\,d\mu:dt$	$40\,dL:dt$
1871 Aug. 24	+0″052	+1″27	− 6″229	+0′37″34	+1″8785	+0″743
Oct. 3	+0·037	+1·25	− 6·166	+0 33·09	+1·7574	+2·086
Nov. 12	+0·023	+1·12	− 5·771	+0 28·83	+1·5660	+3·406
Dec. 22	+0·011	+0·91	− 4·984	+0 25·13	+1·2937	+4·668
1872 Jan. 31	+0·003	+0·63	− 3·783	+0 22·74	+0·9317	+5·821
März 11	+0·000	+0·29	−− 2·172	+0 22·51	+0·4726	+6·810
April 20	+0·001	−0·08	− 0·204	+0 25·26	−0·0853	+7·556
Mai 30	+0·007	−0·44	+ 2·027	+0 31·74	−0·7415	+7·964
Juli 9	+0·018	−0·75	+ 4·395	+0 42·47	−1·4909	+7·914
Aug. 18	+0·034	−0·98	+ 6·780	+0 57·74	−2·3264	+7·259
Sept. 27	+0·053	−1·10	+ 9·017	+1 17·61	−3·2358	+5·812
Nov. 6	+0·073	−1·07	+10·997	+1 41 72	−4·2024	+3·356
Dec. 16	+0·090	−0·89	+12·633	+2 9·43	−5·2023	−0·375

Saturn.

Datum	$40\,di:dt$	$40\,d\Omega:dt$	$40\,d\varphi:dt$	$40\,d\pi:dt$	$1600\,d\mu:dt$	$40\,dL:dt$
1871 Aug. 24	+0″001	+0·014	−0″033	+1·720	+0″0425	+0″349
Oct. 3	0·000	+0·005	+0·066	+1·103	+0·0069	+0·346
Nov. 12	0·000	−0·007	+0·168	+0·653	−0·0255	+0·310
Dec. 22	0·000	−0·018	+0·263	+0·378	−0·0528	+0·245
1872 Jan. 31	0·000	−0·029	+0·342	+0·259	−0·0740	+0·163
März 11	0·000	−0·038	+0·398	+0·255	−0·0884	+0·068
April 20	0·000	−0·044	+0·430	+0·316	−0·0958	−0·033
Mai 30	+0·001	−0·048	+0·437	+0·390	−0·0967	−0·133
Juli 9	+0·001	−0·050	+0·424	+0·432	−0·0918	−0·229
Aug. 18	+0·002	−0·048	+0·398	+0·408	−0·0822	−0·316
Sept. 27	+0·002	−0·044	+0·363	+0·313	−0·0692	−0·393
Nov. 6	+0·002	−0·037	+0·331	+0·144	−0·0537	−0·456
Dec. 16	+0·003	−0·029	+0·301	−0·086	−0·0369	−0·505

Integrirt man nun diese Werthe zwischen den Grenzen 1871 Sept. 13·0 und 1873 Jänner 5·0, so findet man die Störungen der Elemente:

	Δi	$\Delta\Omega$	$\Delta\varphi$	$\Delta\pi$	$\Delta\mu$	ΔL
$\mathrm{2\!\!\!\!+}$	+0″4	—1″1	+22″8	+10′0″0	—0″2825	+1′26″3
$\hbar$	0·0	—0·4	+ 3·9	+ 4·6	—0·0190	-- 5·0

und demnach die Elemente, die zur Berechnung der folgenden Ephemeriden dienten:

(62) Erato.

Epoche und Osculation 1873 Jänner 5·0 mittl. Berl. Zeit
mittl. Äq. 1870·0.

$$L = 91°28'19″3$$
$$M = 53\ 52\ 15·6$$
$$\pi = 37\ 36\ \ 3·7$$
$$\Omega = 125\ 48\ 55·1$$
$$i = \ \ 2\ 12\ 29·8$$
$$\varphi = \ \ 9\ 46\ 54·6$$
$$\mu = 641″0375$$
$$\log.\ a = 0·495416.$$

Demnach gestaltet sich genähert der geocentrische Lauf des Planeten in den Jahren 1872 und 1873 wie folgt:

Jahresephemeride.

0^h Berl. Zeit	A. R.	Decl.	$\log \Delta$	$\log r$
1872 Jan. 11	$0^h 10^m 9$	— 1° 3'	0·439	0·417
„ 31	0 37·1	+ 1 56	0·474	0·415
Febr. 20	1 6·4	+ 5 8	0·503	0·415
März 11	1 38·0	+ 8 21	0·526	0·415
„ 31	2 11·4	+11 30	0·542	0·415
April 20	2 46·2	+14 24	0·553	0·416
Mai 10	3 22·2	+16 57	0·559	0·417
„ 30	3 58·9	+19 2	0·559	0·419
Juni 19	4 35·9	+20 35	0·554	0·421
Juli 9	5 12·5	+21 35	0·544	0·424
„ 29	5 48·0	+22 2	0·528	0·427
Aug. 18	6 21·5	+22 0	0·507	0·430
Sept. 7	6 52·0	+21 36	0·480	0·433
27	7 18·2	+20 53	0·446	0·437

0ʰ Berl. Zeit			A. R.	Decl.	log Δ	log r
1872	Oct.	17	7ʰ 38ᵐ6	+20°10'	0·408	0·442
	Nov.	6	7 51·3	+19 40	0·365	0·446
	„	26	7 54·3	+19 35	0·324	0·451
	Dec.	16	7 47·0	+20 1	0·291	0·455
1873	Jän.	5	7 31·1	+20 50	0·280	0·460
	„	25	7 13·9	+21 39	0·293	0·465
	Febr.	14	7 2·7	+22 14	0·329	0·470
	März	6	7 1·1	+22 30	0·377	0·474
	„	26	7 9·2	+22 28	0·429	0·479
	April	15	7 25·1	+22 9	0·475	0·484
	Mai	5	7 46·0	+21 28	0·517	0·489
	„	25	8 10·3	+20 26	0·552	0·494
	Juni	14	8 36·7	+19 2	0·581	0·498
	Juli	4	9 4·2	+17 18	0·603	0·503
	„	24	9 32·0	+15 18	0·619	0·507
	Aug.	13	9 59·5	+13 0	0·628	0·511
	Sept.	2	10 26·6	+10 35	0·631	0·515
	„	22	10 52·6	+ 8 6	0·628	0·519
	Oct.	12	11 17·4	+ 5 39	0·618	0·523
	Nov.	1	11 40·4	+ 3 20	0·601	0·527
	„	21	12 0·9	+ 1 16	0·578	0·530
	Dec.	11	12 18·0	— 0 23	0·548	0·533
		31	12 30·7	— 1 31	0·513	0·537.

Für die Zeit der Opposition im Jahre 1873 erhielt ich die folgenden Ortsangaben:

12ʰ Berl. Zeit			α	δ	log Δ	Abrrzt.
1872	Dec.	22	7ʰ 42ᵐ22ˢ67	+20°15'48"8	0·285253	16ᵐ 0ˢ
		23	7 41 37·59	+20 18 11·1	0·284445	15 58
		24	7 40 51·49	+20 20 35·6	0·283698	15 57
		25	7 40 4·44	+20 23 2·2	0·283011	15 55
		26	7 39 16·50	+20 25 30·6	0·282386	15 54
		27	7 38 27·73	+20 28 0·8	0·281823	15 53
		28	7 37 38·18	+20 30 32·6	0·281323	15 52
		29	7 36 47·92	+20 33 5·7	0·280887	15 51
		30	7 35 57·01	+20 35 40·0	0·280516	15 50
		31	7 35 5·50	+20 38 15·4	0·280210	15 49
1873	Jän.	1	7 34 13·45	+20 40 51·6	0·279970	15 48
		2	7 33 20·94	+20 43 28·5	0·279796	15 48
		3	7 32 28·03	+20 46 5·8	0·279689	15 48
		4	7 31 34·79	+20 48 43·4	0·279650	15 48
		5	7 30 41·28	+20 51 21·0	0·279678	15 48
		6	7 29 47·56	+20 53 58·5	0·279774	15 48

12^h Berl. Zeit	α	δ	log Δ	Abrrzt.
1873 Jän. 7	7^h 28^{m}53$\cdot$70	+20°56'35"7	0·279938	15^{m}48^s
8	7 27 59·76	+20 59 12·3	0·280169	15 49
☍ 9	7 27 5·81	+20 1 48·2	0·280468	15 50
10	7 26 11·90	+21 4 23·3	0·280833	15 50
11	7 25 18·11	+21 6 57·5	0·281265	15 51
12	7 24 24·49	+21 9 30·5	0·281763	15 53
13	7 23 31·11	+21 12 2·2	0·282328	15 54
14	7 22 38·02	+21 14 32·6	0·282959	15 55
15	7 21 45·28	+21 17 1·7	0·283655	15 57
16	7 20 52·95	+21 19 29·3	0·284416	15 58
17	7 20 1·10	+21 21 55·2	0·285241	16 0
18	7 19 9·78	+21 24 19·3	0·286129	16 2
19	7 18 19·05	+21 26 41·5	0·287080	16 4
20	7 17 28·99	+21 29 1·6	0·288093	16 6
21	7 16 39·65	+21 31 19·5	0·289168	16 9
22	7 15 51·07	+21 33 35·3	0·290303	16 11
23	7 15 3·30	+21 35 48·8	0·291498	16 14
24	7 14 16·40	+21 38 0·1	0·292752	16 17
25	7 13 30·42	+21 40 9·0	0·294064	16 20
26	7 12 45·40	+21 42 15·4	0·295433	16 23
27	7 12 1·40	+21 44 19·3	0·296858	16 26

(62) ☍ ☉ 1873 Jän. 9; 20^h

Lichtstärke $= 1\cdot47$

Grösse $= 12\cdot0$.

IV. (64) Angelina.

Meine im LX. Bande d. Sitzb. d. k. Akademie d. Wissensch. II. Abth., Oct.-Heft Jahrg. 1869 veröffentlichte Bahnbestimmung des Planeten (64) Angelina schliesst sich sechs beobachteten Oppositionen des Planeten innerhalb des Zeitraumes 1861—1868 an. Die daselbst erhaltenen Elemente, bei denen durch einen Druckfehler die Jahreszahl der Epoche statt 1868 richtig 1865 heissen soll, sind:

(64) Angelina.

Epoche, Oscul. und mittl. Äquinoct. 1865 Jän. 7·0 mittl. Berl. Zeit.

$$L = 119°24'25"8$$
$$M = 355\ 46\ 58\cdot1$$
$$\pi = 123\ 37\ 27\cdot7$$
$$\Omega = 311\ 10\ 13\cdot3$$

$$i = 1°19'54''3$$
$$\varphi = 7\ 21\ 54 \cdot 7$$
$$\mu = 808''31196$$
$$\log. a = 0 \cdot 4282850.$$

Der Abhandlung selbst sind die Vorausberechnungen der Planetenorte für die Jahre 1870 und 1871 angefügt, die durch die Beobachtungen in befriedigender Weise bestätigt wurden. Es fanden sich nämlich im Jahre 1870 die Unterschiede im Sinne Beob.-Rechnung, nach vorläufiger Vergleichung:

Datum	Beobachtungs-ort	$d\alpha$	$d\delta$	
1870 April 5	Lund	—0·22	—1·4	
5	Leiden	—0·03	—0·4	
6	„	—0·10	+0·3	
7	Lund.	—0·28	—0·9	
11	Greenwich	0·00	+0·3	
18	Leiden	—0·32	—1·3	VIII. Opposition.
19	„	—0·31	—0·3	
20	Lund	—0·05	+0·7	
21	„	+0·05	+1·1	
22	Paris.	—0·01	+0·8	
25		+0·10	+0·4	
26		—0·01	+1·7	
„ 27	„	+0·16	+0·5	
	im Mittel.	—0·08	+0·1	

Von der Opposition des Jahres 1871 sind mir bislang nur zwei Wiener Beobachtungen bekannt geworden, die einen nahen Anschluss ebenfalls darthun; es findet sich nämlich:

Datum	Beobachtungs-ort	$d\alpha$	$d\delta$	
1871 Juli 15	Wien	+0·46	+3·7	IX. Opposition.
„ 17	„	+0·12	+3·0	
	im Mittel.	+0·29	+3·3	

Für die Herstellung der Ephemeriden für das Jahr 1872 war es nur nöthig, die in der citirten Abhandlung schon so weit berechneten Störungswerthe durch Jupiter und Saturn zur Übertragung auf eine der Opposition nahe Osculationsepoche zu benützen, und ich fand so:

Angewandte Elemente.

Epoche und Osculation 1872 Oct. 17·0 Berl. Zeit
mittl. Äq. 1870·0.

$$L = 36°28'15''0$$
$$M = 270\ 49\ 35·4$$
$$\pi = 125\ 38\ 39·6$$
$$\Omega = 310\ 59\ 48·2$$
$$i = 1\ 19\ 27·0$$
$$\varphi = 7\ 14\ 57·5$$
$$\mu = 808''1082$$
$$\log a = 0·428359$$

$$x = [0·425999] \sin (E+215°52'11''8)+0·197184$$
$$y = [0·386845] \sin (E+124\ 59\ \ 2·0)—0·251947$$
$$z = [0·042177] \sin (E+127\ 38\ 20·2)—0·110115.$$

(64) Angelina 1872.

Jahresephemeride.

0ʰ Berl. Zeit		A. R.	Decl.	log Δ	log r
Jän.	11	21ʰ24ᵐ4	—14°55'	0·582	0·475
„	31	21 53·6	—12 26	0·593	0·474
Febr.	20	22 22·9	— 9 41	0·597	0·472
März	11	22 52·0	— 6 44	0·594	0·470
„	31	23 20·5	— 3 41	0·585	0·468
April	20	23 48·1	— 0 38	0·569	0·465
Mai	10	0 14·5	+ 2 19	0·546	0·463
	30	0 39·3	+ 5 6	0·516	0·460
Juni	19	1 1·9	+ 7 35	0·480	0·457
Juli	9	1 21·0	+ 9 41	0·438	0·453
„	29	1 35·4	+11 17	0·390	0·450
Aug.	18	1 42·8	+12 13	0·338	0·446
Sept.	7	1 41·5	+12 19	0·289	0·443
„	27	1 30·7	+11 31	0·251	0·439
Oct.	17	1 14·1	+ 9 59	0·237	0·434
Nov.	6	0 58·4	+ 8 21	0·249	0·430
„	26	0 50·6	+ 7 24	0·284	0·426
Dec.	16	0 52·9	+ 7 26	0·329	0·422
	36	1 4·6	+ 8 28	0·375	0·417

Oppositionsephemeride.

12ʰ m. Berl. Zeit	α	δ	log Δ	Abrrzt.
1872 Sept. 26	1ʰ 31ᵐ 9ˢ81	+11°33′ 1″2	0·252291	14ᵐ50ˢ
27	1 30 25·82	+11 29 17·1	0·250896	14 47
28	1 29 40·87	+11 25 26·1	0·249560	14 44
29	1 28 55·02	+11 21 28·4	0·248284	14 42
30	1 28 8·33	+11 17 24·3	0·247069	14 39
Oct. 1	1 27 20·84	+11 13 13·9	0·245917	14 37
2	1 26 32·60	+11 8 57·4	0·244828	14 35
3	1 25 43·67	+11 4 35·2	0·243804	14 33
4	1 24 54·09	+11 0 7·6	0·242846	14 31
5	1 24 3·93	+10 55 34·8	0·241955	14 29
6	1 23 13·24	+10 50 57·1	0·241132	14 27
7	1 22 22·09	+10 46 14·9	0·240376	14 26
8	1 21 30·55	+10 41 28·4	0·239690	14 25
9	1 20 38·67	+10 36 38·1	0·239074	14 23
10	1 19 46·51	+10 31 44·2	0·238529	14 22
11	1 18 54·13	+10 26 47·2	0·238054	14 21
12	1 18 1·60	+10 21 47·4	0·237649	14 20
☍ 13	1 17 8·97	+10 16 45·1	0·237316	14 20
14	1 16 16·31	+10 11 40·6	0·237055	14 19
15	1 15 23·67	+10 6 34·4	0·236865	14 19
16	1 14 31·12	+10 1 26·9	0·236746	14 19
17	1 13 38·71	+ 9 56 18·3	0·236699	14 19
18	1 12 46·51	+ 9 51 9·0	0·236723	14 19
19	1 11 54·57	+ 9 45 59·4	0·236818	14 19
20	1 11 2·96	+ 9 40 49·9	0·236985	14 19
21	1 10 11·73	+ 9 35 40·8	0·237223	14 20
22	1 9 20·95	+ 9 30 32·4	0·237531	14 20
23	1 8 30·67	+ 9 25 25·2	0·237909	14 21
24	1 7 40·94	+ 9 20 19·6	0·238357	14 22
25	1 6 51·83	+ 9 15 16·0	0·238875	14 23
26	1 6 3·39	+ 9 10 14·8	0·239462	14 24
27	1 5 15·69	+ 9 5 16·3	0·240117	14 25
28	1 4 28·77	+ 9 0 20·8	0·240838	14 27
29	1 3 42·71	+ 8 55 28·8	0·241626	14 28
30	1 2 57·54	+ 8 50 40·7	0·242479	14 30
31	1 2 13·33	+ 8 45 56·8	0·243395	14 32
Nov. 1	1 1 30·13	+ 8 41 17·5	0·244374	14 34

(64) ☍ ☉ Oct. 14; 3ʰ

Lichtstärke = 0·92

Grösse = 10·6

V. ⑨¹ Ägina.

Ich werde seiner Zeit eine nur in Folge von ausständigen Vergleichssternbestimmungen noch nicht beendete Abhandlung über den Planeten ㉛ Ägina vorlegen, der seit seiner Entdeckungsopposition (1866) nicht mehr gesehen wurde, und dessen Wiederauffindung die von mir in Angriff genommenen Rechnungen ermöglichen sollen. Indem ich nun auf diese späteren Mittheilungen verweise, will ich nur erwähnen, dass ich mir vorerst Elemente abgeleitet habe aus den Beobachtungen Leipzig 1866 Nov. 10, Berlin 1866 Dec. 8, Berlin 1867 Jän. 5, Berlin 1867 Febr. 2, und habe gefunden:

Ägina.

Epoche 1866 Dec. 8·0 mittl. Berl. Zeit
mittl. Äq. 1866·0.

$$L = 50°46'38''6$$
$$M = 330\ \ 7\ \ 57·3$$
$$\pi = 80\ \ 38\ \ 41·3$$
$$\Omega = 10\ \ 59\ \ 34·9$$
$$i = 2\ \ 8\ \ 0·2$$
$$\varphi = 6\ \ 5\ \ 59·2$$
$$\mu = 853''460$$
$$\log a = 0·412549.$$

Mit Rücksicht auf die Jupiterstörungen habe ich die folgende Jahresephemeride für 1872 abgeleitet, die sich gewiss von der Wahrheit nicht allzuweit entfernen wird, und den Oppositionsmoment auf den 22. Febr. 1872 bestimmt.

0^h Berl. Zeit	A. R.	Decl.	$\log \Delta$	$\log r$
1872 Jän. 11	$10^h 49^m 6$	$+ 9°58'$	0·224	0·386
„ 31	10 41·8	+10 47	0·186	0·390
Febr. 20	10 25·2	+12 17	0·172	0·393
März 11	10 7·5	+13 34	0·190	0·397
„ 31	9 57·3	+14 5	0·232	0·401
April 20	9 57·8	+13 37	0·287	0·405
Mai 10	10 8·0	+12 22	0·342	0·409
„ 30	10 25·2	+10 28	0·393	0·413
Juni 19	10 47·2	+ 8 4	0·439	0·417

0^h Berl. Zeit		A. R.	Decl.	log Δ	log r
Juli	9	$11^h 12^m 4$	$+ 5°17'$	0·477	0·421
„	29	11 39·6	$+ 2$ 12	0·509	0·424
Aug.	18	12 8·3	$- 1$ 13	0·534	0·428
Sept.	7	12 38·2	$- 4$ 23	0·553	0·431
„	27	13 8·9	$- 7$ 42	0·566	0·434
Oct.	17	13 40·3	-10 55	0·572	0·437
Nov.	6	14 12·2	-13 56	0·572	0·440
„	26	14 44·4	-16 39	0·565	0·443
Dec.	16	15 16·3	-19 0	0·551	0·445
	36	15 47·4	-20 57	0·531	0·447.

VI. (113) Amalthea.

Der Planet (113) Amalthea wurde von Luther am 12. März 1871 entdeckt und die folgenden Zeilen berichten über diejenigen Arbeiten, welche ich unternommen habe, um die Wiederauffindung dieses Planeten in der nächsten, zweiten, Opposition zu sichern.

Das erste genäherte Elementensystem aus den Beobachtungen Bilk März 12, Wien März 20 und Josefstadt März 27 habe ich in Nr. 1839 der Astr. Nachrichten nebst der Ephemeride bis Juni 9 veröffentlicht; nachdem ich aber meine Beobachtungen dieses Planeten bis zum 10. Mai ausgedehnt hatte, leitete ich ein genaueres System ab, welchem ich die Beobachtungen Bilk März 12, Bilk und Josefstadt April 8 und Josefstadt Mai 10 zu Gründe legte (vergl. Nr. 1846 der Astr. Nachr.).

(113) Amalthea.

Epoche 1871 April 6·0 mittl. Berl. Zeit
mittl. Äq. 1871·0.

$$L = 185°19'\ 8''9$$
$$M = 346\ \ 3\ \ 35·2$$
$$\pi = 199\ \ 15\ \ 33·7$$
$$\Omega = 123\ \ 4\ \ 50·1$$
$$i = \ \ 5\ \ 2\ \ 31·1$$
$$\varphi = \ \ \ 4\ \ 55\ \ \ 7·6$$
$$\mu = 968''646$$
$$\log a = 0·375895.$$

Dieses Elementensystem hatte zunächst nur den Zweck, genauere Ephemeridenorte hauptsächlich für den Monat Juli herstellen zu können, um die andauernde Verfolgung des Planeten möglichst zu erleichtern; dasselbe hat sich aber schliesslich in so befriedigendem Anschluss an die Beobachtungen erwiesen, dass es unmittelbar zur Vergleichung mit den Beobachtungen und zur Bildung von Normalorten benützt werden konnte; ich leitete aus obigen Zahlen die folgende Ephemeride ab:

12^h Berl. Zeit		α	δ	$\log \Delta$	Aberrzt.
1871 März	11	12^h 1^m59^s79	$+7°37'47''0$	0·0799	9^m58^s
	12	12 1 9·66	+7 45 55·6	0·0793	9 57
	13	12 0 18·93	+7 54 1·8	0·0787	9 56
	14	11 59 27·68	+8 2 4·9	0·0782	9 56
	15	11 58 35·97	+8 10 3·8	0·0778	9 56
	16	11 57 43·89	+8 17 58·3	0·0775	9 55
	17	11 56 51·54	+8 25 47·5	0·0774	9 55
	18	11 55 59·00	+8 33 30·8	0·0773	9 55
	19	11 55 6·35	+8 41 7·5	0·0772	9 55
	20	11 54 13·68	+8 48 37·1	0·0773	9 55
	21	11 53 21·08	+8 55 58·8	0·0775	9 55
	22	11 52 28·64	+9 3 12·1	0·0778	9 56
	23	11 51 36·45	+9 10 16·3	0·0781	9 56
	24	11 50 44·59	+9 17 10·8	0·0786	9 56
	25	11 49 53·14	+9 23 55·2	0·0792	9 57
	26	11 49 2·20	+9 30 29·0	0·0798	9 58
	27	11 48 11·84	+9 36 51·6	0·0805	9 59
	28	11 47 22·14	+9 43 2·5	0·0813	10 0
	29	11 46 33·18	+9 49 1·4	0·0822	10 2
	30	11 45 45·03	+9 54 48·0	0·0832	10 3
	31	11 44 57·77	+10 0 21·8	0·0842	10 4
April	1	11 44 11·45	+10 5 42·5	0·0854	10 6
	2	11 43 26·15	+10 10 49·8	0·0866	10 8
	3	11 42 41·92	+10 15 43·4	0·0879	10 10
	4	11 41 58·82	+10 20 23·1	0·0892	10 11
	5	11 41 16·91	+10 24 48·5	0·0907	10 13
	6	11 40 36·24	+10 28 59·6	0·0922	10 16
	7	11 39 56·87	+10 32 56·2	0·0938	10 18

12ʰ Berl. Zeit			α	δ	log Δ	Abrrzt.
1871 April	8		11ʰ39ᵐ18ˢ83	+10°36′38″1	0·0955	10ᵐ20ˢ
	9		11 38 42·16	+10 40 5·3	0·0972	10 23
	10		11 38 6·92	+10 43 17·6	0·0990	10 25
	11		11 37 33·15	+10 46 14·9	0·1008	10 28
	12		11 37 0·91	+10 48 57·2	0·1027	10 31
	13		11 36 30·24	+10 51 24·4	0·1047	10 34
	14		11 36 1·16	+10 53 36·4	0·1067	10 36
	15		11 35 33·72	+10 55 33·1	0·1088	10 40
	16		11 35 7·93	+10 57 14·6	0·1109	10 43
	17		11 34 43·85	+10 58 40·7	0·1131	10 46
	18		11 34 21·49	+10 59 51·5	0·1153	10 50
	19		11 34 0·85	+11 0 47·2	0·1176	10 53
	20		11 33 41·96	+11 1 27·9	0·1199	10 56
	21		11 33 24·85	+11 1 53·5	0·1222	11 0
	22		11 33 9·52	+11 2 4·3	0·1246	11 3
	23		11 32 55·98	+11 2 0·3	0·1270	11 7
	24		11 32 44·25	+11 1 41·6	0·1295	11 11
	25		11 32 34·34	+11 1 8·4	0·1320	11 15
	26		11 32 26·24	+11 0 20·8	0·1345	11 19
	27		11 32 19·96	+10 59 19·0	0·1371	11 23
	28		11 32 15·49	+10 58 3·2	0·1397	11 27
	29		11 32 12·83	+10 56 33·6	0·1423	11 31
	30		11 32 11·97	+10 54 50·3	0·1450	11 35
Mai	1		11 32 12·89	+10 52 53·5	0·1476	11 39
	2		11 32 15·58	+10 50 43·5	0·1503	11 44
	3		11 32 20·02	+10 48 20·4	0·1530	11 48
	4		11 32 26·24	+10 45 44·5	0·1557	11 52
	5		11 32 34·19	+10 42 55·9	0·1584	11 57
	6		11 32 43·86	+10 39 54·9	0·1612	12 2
	7		11 32 55·22	+10 36 41·7	0·1639	12 6
	8		11 33 8·27	+10 33 16·4	0·1667	12 11
	9		11 33 23·00	+10 29 39·3	0·1694	12 15
	10		11 33 39·40	+10 25 50·5	0·1722	12 20
	11		11 33 57·46	+10 21 50·2	0·1750	12 25
	12		11 34 17·15	+10 17 38·7	0·1778	12 30
	13		11 34 38·46	+10 13 16·1	0·1806	12 35

12ʰ Berl. Zeit			α	δ	log Δ	Abrrzt.
1871 Mai	14		11ʰ35ᵐ1ˢ38	+10° 8' 42"7	0·1835	12ᵐ40ˢ
	15		11 35 25·88	+10 3 58·4	0·1864	12 45
	16		11 35 51·95	+ 9 59 3·6	0·1892	12 50
	17		11 36 19·59	+ 9 53 58·4	0·1920	12 55
	18		11 36 48·74	+ 9 48 43·0	0 1948	13 0
	19		11 37 19·40	+ 9 43 17·5	0·1977	13 5
	20		11 37 51·54	+ 9 37 42·1	0·2005	13 10
	21		11 38 25·15	+ 9 31 57·0	0·2034	13 15
	22		11 39 0·21	+ 9 26 2·5	0·2062	13 20
	23		11 39 36·71	+ 9 19 58·8	0·2090	13 26
	24		11 40 14·61	+ 9 13 46·0	0·2118	13 31
	25		11 40 53·89	+ 9 7 24·3	0·2146	13 36
	26		11 41 34·52	+ 9 0 53·8	0·2174	13 41
	27		11 42 16·49	+ 8 54 14·8	0·2202	13 47
	28		11 42 59·76	+ 8 47 27·4	0·2230	13 52
	29		11 43 44·32	+ 8 40 31·8	0·2258	13 57
	30		11 44 30·14	+ 8 33 28·3	0·2286	14 3
	31		11 45 17·19	+ 8 26 17·0	0·2314	14 8
Juni	1		11 46 5·46	+ 8 18 58·1	0·2342	14 14
	2		11 46 54·92	+ 8 11 31·7	0·2370	14 20
	3		11 47 45·55	+ 8 3 58·0	0·2397	14 25
	4		11 48 37·32	+ 7 56 17·2	0·2425	14 30
	5		11 49 30·21	+ 7 48 29·4	0·2452	14 36
	6		11 50 24·22	+ 7 40 34·7	0·2479	14 41
	7		11 51 19·32	+ 7 32 33·3	0·2506	14 47
	8		11 52 15·49	+ 7 24 25·3	0·2533	14 52
	9		11 53 12·71	+ 7 16 10·9	0·2560	14 58
	10		11 54 10·98	+ 7 7 50·1	0·2587	15 3
	11		11 55 10·27	+ 6 59 23·0	0·2613	15 9
	12		11 56 10·57	+ 6 50 49·8	0·2640	15 14
	13		11 57 11·87	+ 6 42 10·7	0·2666	15 20
	14		11 58 14·14	+ 6 33 25·7	0·2693	15 26
	15		11 59 17·37	+ 6 24 35·0	0·2719	15 31
	16		12 0 21·54	+ 6 15 38·7	0·2745	15 37
	17		12 1 26·64	+ 6 6 36·9	0·2771	15 42
	18		12 2 32·66	+ 5 57 29·8	0·2797	15 48

12ʰ Berl. Zeit		α	δ	log Δ	Abrrzt.
1871 Juni	19	12ʰ 3ᵐ39ˢ57	+ 5°48'17"4	0·2822	15ᵐ53ˢ
	20	12 4 47·37	+ 5 38 59·9	0·2848	15 59
	21	12 5 56·03	+ 5 29 37·4	0·2873	16 5
	22	12 7 5·54	+ 5 20 10·0	0·2898	16 10
	23	12 8 15·88	+ 5 10 37·9	0·2923	16 16
	24	12 9 27·04	+ 5 1 1·2	0·2948	16 21
	25	12 10 39·00	+ 4 51 20·1	0·2973	16 27
	26	12 11 51·74	+ 4 41 34·6	0·2998	16 33
	27	12 13 5·25	+ 4 31 44·8	0·3022	16 38
	28	12 14 19·50	+ 4 21 50·9	0·3047	16 44
	29	12 15 34·48	+ 4 11 52·9	0·3071	16 50
	30	12 16 50·19	+ 4 1 51·1	0·3095	16 55
Juli	1	12 18 6·61	+ 3 52 45·5	0·3119	17 1
	2	12 19 23·72	+ 3 41 36·3	0·3143	17 7
	3	12 20 41·51	+ 3 31 23·5	0·3166	17 12
	4	12 21 59·99	+ 3 21 7·3	0·3190	17 18
	5	12 23 19·13	+ 3 10 47·7	0·3213	17 23
	6	12 24 38·94	+ 3 0 24·8	0·3236	17 29
	7	12 25 59·40	+ 2 49 58·7	0·3259	17 34
	8	12 27 20·50	+ 2 39 29·6	0·3282	17 40
	9	12 28 42·23	+ 2 28 57·4	0·3305	17 46
	10	12 30 4·58	+ 2 18 22·2	0·3328	17 51
	11	12 31 27·54	+ 2 7 44·1	0·3350	17 57
	12	12 32 51·10	+ 1 57 3·2	0·3372	18 2
	13	12 34 15·27	+ 1 46 19·7	0·3394	18 7
	14	12 35 40·03	+ 1 35 33·6	0·3416	18 13
	15	12 37 5·38	+ 1 24 45·1	0·3438	18 19
	16	12 38 31·30	+ 1 13 54·1	0·3460	18 24
	17	12 39 57·80	+ 1 3 0·8	0·3481	18 30
	18	12 41 24·85	+ 0 52 5·3	0·3502	18 35
	19	12 42 52·46	+ 0 41 7·6	0·3523	18 41
	20	12 44 20·61	+ 0 30 7·9	0·3544	18 46
	21	12 45 49·30	+ 0 19 6·2	0·3565	18 52
	22	12 47 18·51	+ 0 8 2·6	0·3586	18 57
	23	12 48 48·24	− 0 3 2·7	0·3606	19 2
	24	12 50 18·48	− 0 14 9·7	0·3627	19 7
	25	12 51 49·23	− 0 25 18·3	0·3647	19 13

Ich habe nun mit dieser Ephemeride die mir bekannt gewordenen, überaus zahlreichen Beobachtungen der Amalthea verglichen und das Resultat derselben in folgender Übersicht zusammengestellt.

Datum	Beobachtungs-ort	B.—R. $d\alpha$	$d\delta$
1871 März 12	Bilk	$+0{\cdot}01$	$-\ 0{\cdot}2$
13	„	$(+0{\cdot}27)$	$(+\ 3{\cdot}9)$
14	Berlin	$-0{\cdot}04$	$-\ 3{\cdot}1$
15	Bilk	$-0{\cdot}14$	$-\ 1{\cdot}0$
15	Bonn .	$(+0{\cdot}81)$	$(-13{\cdot}7)$
16	Berlin	$-0{\cdot}08$	$-\ 0{\cdot}7$
16	Leiden	$-0{\cdot}17$	$-\ 4{\cdot}0$
16	„	$-0{\cdot}22$	$-\ 3{\cdot}9$
18	Berlin	$-0{\cdot}16$	$-\ 2{\cdot}6$
19	„	$-0{\cdot}34$	$-\ 2{\cdot}8$
19	Bilk	$-0{\cdot}22$	$-\ 2{\cdot}3$
19	Leiden	$-0{\cdot}12$	$+\ 1{\cdot}6$
20	Berlin	$-0{\cdot}18$	$-\ 2{\cdot}5$
20	Bilk	$+0{\cdot}01$	$-\ 2{\cdot}4$
21	Berlin	$-0{\cdot}04$	$-\ 1{\cdot}8$
21	Wien	$-0{\cdot}19$	$-\ 4{\cdot}6$
21	„	$-0{\cdot}35$	$-\ 0{\cdot}8$
21	Lund	$-0{\cdot}02$	$-\ 0{\cdot}3$
21	Kremsmünster .	$-0{\cdot}13$	$-\ 2{\cdot}7$
21	Wien	$-0{\cdot}07$	$-\ 8{\cdot}2$
22	Bilk	$-0{\cdot}14$	$+\ 0{\cdot}6$
22	Lund	$-0{\cdot}13$	$+\ 0{\cdot}2$
22	Helsingfors	$(+0{\cdot}36)$	$(-29{\cdot}5)$
22	Wien	$+0{\cdot}04$	$-\ 1{\cdot}5$
23	Josefstadt	$+0{\cdot}05$	$-\ 1{\cdot}8$
23		$-0{\cdot}21$	$-\ 4{\cdot}9$
23	„	$+0{\cdot}11$	$-\ 0{\cdot}7$
23	Berlin	$-0{\cdot}21$	$+\ 0{\cdot}1$
23	Wien	$-0{\cdot}12$	$-\ 1{\cdot}4$
23	Helsingfors	$-0{\cdot}02$	$-\ 3{\cdot}9$
23	Bilk	$-0{\cdot}16$	$-\ 1{\cdot}3$
23	Helsingfors	$-0{\cdot}08$	$-\ 1{\cdot}2$
23	Lund	$-0{\cdot}13$	$-\ 3{\cdot}7$
23	Kremsmünster .	$-0{\cdot}14$	$-\ 2{\cdot}1$
24	Josefstadt	$-0{\cdot}16$	$-\ 1{\cdot}6$
24	Berlin	$-0{\cdot}30$	$-\ 1{\cdot}5$
24	Helsingfors	$-0{\cdot}13$	$(+\ 4{\cdot}0)$
24	Lund	$-0{\cdot}27$	$-\ 1{\cdot}4$

Datum	Beobachtungs-ort	B.—R.	
		$d\alpha$	$d\delta$
1871 März 24	Wien	−0ˢ37	−1ˈ8
24	Bilk	+0·04	−4·3
24	Kremsmünster.	−0·05	−2·1
25	Josefstadt	−0·18	−0·8
25	Berlin	−0·11	−5·7
25	Lund	+0·06	−0·1
25	Wien	+0·13	−2·8
25		−0·39	−0·7
25	„	−0·11	−1·3
25	Berlin	−0·10	−3·0
26	Josefstadt	−0·07	+1·2
26	„	−0·10	−2·1
26	Wien	−0·14	−5·9
26	Lund	−0·36	−2·3
26	Wien	−0·09	−2·0
27	Josefstadt	+0·23	+0·4
27	Wien	+0·02	−4·8
27	Josefstadt	+0·03	−4·9
27	Lund	−0·14	−2·7
28	Wien	+0·22	−3·0
28	Lund	+0·20	−1·6
28	Berlin	+0·04	−4·1
29	„	−0·22	−2·5
29	Lund	−0·31	−1·1
30	Berlin	+0·05	−2·7
30	Lund	−0·32	−1·3
31		−0·25	−1·8
April 1		+0·06	−2·3
1	„	+0·02	−2·3
1	Berlin	−0·03	−3·9
2	Lund	+0·06	+1·4
4	Berlin	−0·09	−2·6
5	„	−0·06	−3·5
5	Lund	−0·10	−2·2
6	„	+0·06	−2·4
6	Berlin	+0·04	−3·0
7	„	−0·27	−2·0
7	Hamburg	+0·14	−4·2
8	Josefstadt	−0·27	−0·4
8	Wien	+0·08	+1·2
8	Bilk	+0·17	+0·1
9	Lund	+0·06	−3·0
9	Hamburg	−0·16	−1·7

Datum		Beobachtungs-ort	B.—R.	
			$d\alpha$	$d\delta$
1871 April	10	Berlin	$-0^{s}21$	$-3'3$
	10	Lund	$+0\cdot01$	$-3\cdot5$
	11	Berlin	$+0\cdot03$	$-3\cdot1$
	11	Wien	$+0\cdot10$	$-4\cdot1$
	11	Hamburg	$-0\cdot27$	$-2\cdot9$
	12	Wien	$+0\cdot11$	$-4\cdot1$
	12	Josefstadt	$+0\cdot06$	$-3\cdot9$
	13	Wien	$+0\cdot24$	$-4\cdot6$
	14	Lund	$+0\cdot12$	$-5\cdot0$
	14	Bilk	$-0\cdot10$	$-2\cdot0$
	14	Berlin	$+0\cdot09$	$-4\cdot6$
	14	Wien	$-0\cdot33$	$0\cdot0$
	18	Berlin	$+0\cdot17$	$-4\cdot5$
	18	Lund	$-0\cdot15$	$-3\cdot9$
	20	Berlin	$+0\cdot02$	$-3\cdot9$
	22	Hamburg	$-0\cdot14$	$-4\cdot2$
	23	Lund	$+0\cdot02$	$-3\cdot0$
	26	Josefstadt	$-0\cdot08$	$-0\cdot7$
	27	Lund	$+0\cdot02$	$-4\cdot6$
	28		$+0\cdot09$	$-3\cdot8$
	30	„	$+0\cdot08$	$-4\cdot8$
Mai	2	Berlin	$-0\cdot06$	$-6\cdot7$
	2	Hamburg	$-0\cdot07$	$-3\cdot3$
	3	Berlin	$+0\cdot01$	$-6\cdot0$
	3	Lund	$+0\cdot12$	$-4\cdot2$
	6	Hamburg	$-0\cdot08$	$-3\cdot4$
	7	Berlin	$+0\cdot24$	$-4\cdot4$
	9		$+0\cdot07$	$-0\cdot6$
	9	Hamburg	$-0\cdot18$	$-2\cdot4$
	10	Josefstadt	$+0\cdot04$	$-0\cdot2$
	10	Berlin	$-0\cdot02$	$-1\cdot5$
	10	Lund	$+0\cdot26$	$+2\cdot9$
	15		$-0\cdot03$	$-3\cdot7$
	15	Hamburg	$-0\cdot13$	$-1\cdot9$
	17	Berlin	$+0\cdot27$	$-3\cdot0$
	17	Lund	$+0\cdot10$	$-4\cdot6$
	17	Hamburg	$-0\cdot33$	$-6\cdot5$
	18	Berlin	$+0\cdot31$	$-3\cdot6$
	18	Clinton	$-0\cdot13$	$-1\cdot2$
	19	Berlin	$+0\cdot57$	$-6\cdot0$
	20	Clinton	$+0\cdot11$	$-3\cdot9$
	21	Lund	$+0\cdot09$	$-4\cdot8$
	21	Hamburg	$+0\cdot03$	$-3\cdot5$

	Datum		Beobachtungs-ort	B.—R. $d\alpha$	B.—R. $d\delta$
1871	Mai	22	Berlin .	+0·31	— 2·8
		22	Lund	+0·24	— 2·4
		23	Berlin	+0·16	— 2·1
		23	Hamburg	—0·11	— 3·2
		24	Berlin	+0·22	— 5·0
		24	Lund	+0·09	— 2·9
		24	Clinton	+0·22	— 4·9
		25	Josefstadt	+0·34	— 2·6
		25	Lund	+0·23	— 5·3
		25	Hamburg	+0·05	— 4·1
		26	Lund	+0·22	— 1·6
		26	Hamburg	+0·28	— 2·0
		26	Clinton	+0·21	— 5·3
		27	Hamburg	+0·18	— 7·5
	Juni	4	Clinton	+0·06	— 5·1
		15	Hamburg	(—0·72)	(+11·7)
		16	Josefstadt	+0·73	— 0·1
		20	Berlin	+0·29	— 3·3
		22	Clinton	+0·53	— 5·4
	Juli	12		+0·81	— 0·5
		13		+0·07	— 1·7

Nach Abschluss meiner Rechnungen über Amalthea kam mir eine schöne, sehr umfassende Reihe von Washingtoner Beobachtungen zu, die leider keine Berücksichtigung mehr finden konnte ; ich nehme aber die Vergleichung derselben mit meiner Ephemeride hier auf um zu zeigen, dass meine Annahmen über die Ephemeridencorrectionen durch Hinzuziehung dieser Beobachtungen kaum eine wesentliche Änderung erlitten hätten.

	Datum		Beobachtungs-ort	$d\alpha$	$d\delta$
1871	April	23	Washington .	—0·28	—3″7
		24		—0·25	—0·9
	Juni	9		+0·06	+3·7
		12		—0·36	—2·3
		14		+0·17	—2·5
		15		+0·22	—3·8
		16		+0·17	—5·9
		19		+0·37	—4·7
	Juli	7		(—0·88)	(—7·8)
		14		+0·45	—5·0
		15		+0·42	—3·5

Um nun dieses reiche Beobachtungsmaterial in einfacher Weise zur Bahnbestimmung zu verwerthen, suchte ich mir durch Construction die Fehlercurven zu ermitteln und fand so, dass den Beobachtungen nahehin genügt wird, wenn man annimmt als Fehler der Ephemeride:

m. Berl. Zeit	$d\alpha$	$d\delta$
1871 März 15·5	−0·13	−1″7
April 24·5	0·00	−3·2
Juni 3·5	+0·22	−3·3
Juli 13·5	+0·51	−2·2

Bringt man diese Correctionen an die Ephemeride an, und reducirt dann die so erhaltenen Normalorte auf den mittleren Äquator 1870·0, so erhält man

	α	δ
1871 März 15·5	179°38'17″6	+ 8°10'19″4
April 24·5	173 10 19·6	+11 1 57·3
Juni 3·5	176 55 37·3	+ 8 4 16·0
Juli 13·5	188 33 1·3	+ 1 46 41·3

und diese Orte galten mir zur Grundlage für die Bahnbestimmung aus vier Orten; ich habe mich hiezu der Methode bedient, die ich in meinem Lehrbuche über Bahnbestimmungen veröffentlicht habe, durch die den äussersten Orten und den Längen der mittleren Orte völlig genügt wird; um aber den störenden Einfluss durch Jupiter und Saturn zu berücksichtigen, habe ich denselben in Rechnung gezogen und gefunden, dass man denselben eliminirt, wenn man an die beobachteten Ekliptical-Coordinaten die folgenden Correctionen anbringt, für die die Osculationsepoche 1871 April 6·0 mittl. Berliner Zeit als massgebend angesehen ist.

	$d\lambda$	$d\beta$
1871 März 15·5	−0″1	0″0
April 24·5	0·0	0·0
Juni 3·5	−0·5	0·0
Juli 13·5	−1·4	0·0

Verwandelt man die obigen Angaben über die Normalorte in Länge und Breite, und corrigirt, um auf die bekannte Weise die Sonnenbreiten zu eliminiren, die dann erhaltenen Breiten und

setzt die sich ergebenden Sonnencoordinaten nach dem Berliner
Jahrbuche an, so erhält man die folgenden Grundlagen der Rechnung, für welche das mittlere Äquinoctium 1870·0 als massgebend
angesehen wurde.

	λ	β	L	log R
1871 März 15·5	176°23'51"6	+7°20'56"4	354°55'55"6	9·997914
April 24·5	169 21 8·9	(+7 25 4·7)	34 17 12·4	0·002801
Juni 3·5	173 57 42·5	(+6 10 52·5)	72 50 59·6	0·006335
Juli 13·5	187 8 55·8	+5 1 36·0	111 1 14·3	0·007097

Die Breiten der beiden mittleren Orte habe ich in Klammern
angesetzt, da dieselben zur Bestimmung der Elemente nicht heran-
gezogen werden.

Die erhaltenen Elemente sind:

$\left(\text{113}\right)$ Amalthea.

mittl. Aq.: 1870·0

Epoche und Osculation 1871 April 6·0 m. Berl. Zeit.

$$L = 185°18'23°7$$
$$M = 346 \quad 4 \quad 3·5$$
$$\pi = 199 \quad 14 \quad 20·2$$
$$\Omega = 123 \quad 4 \quad 38·3$$
$$i = 5 \quad 2 \quad 31·8$$
$$\varphi = 4 \quad 55 \quad 22·8$$
$$\mu = 968"573$$
$$\log a = 0·375917.$$

Ich habe die Rechnung durchaus nur mit 6stelligen Loga-
rithmentafeln geführt und finde die Darstellung der obigen Orte
durch dieses System

	$d\lambda$	$d\beta$
I.	+0"1	+0·1
II.	—0·6	(—2·5)
III.	0·0	(—2·2)
IV.	+0·1	—0·1

Ehe ich daran gehe, die Rechnungen mitzutheilen, die ich
ausgeführt habe zur Herstellung der Ephemeriden für das Jahr
1872, will ich noch hier die Angaben sammeln, die mir zur
Bestimmung der mittleren Oppositionsgrösse gedient haben, ich
fand:

Datum		Beobachter	geschätzte Grösse	mittlere Grösse
1871 März	12	Luther	10·3	10·8
	14	Tietjen	10·8	11·3
	16	„	10·6	11·1
	16	Becker	10·5	11·0
	23	Oppolzer.	10·0	10·5
	24		10·2	10·7
	25		10·3	10·8
April	8		10·5	10·9
	12		10·4	10·8
	26		11·0	11·2
Mai	10	„	11·2	11·3
	17	Tietjen	11·2	11·1
	18	„	11·3	11·2
	18	C. H. F. Peters	12·0	11·9
	22	Tietjen	11·5	11·4
	24	„	11·4	11·2
	25	Oppolzer	11·3	11·1
Juni	16	„	12·0	11·5
Juli	12	C. H. F. Peters	13·0	12·2

Ich finde also im Mittel für die mittlere Oppositionsgrösse:

$$Mg = 11{\cdot}2.$$

Die Störungsrechnungen habe ich nach Encke's Methode ausgeführt und hiebei auf Jupiter $\left(\frac{1}{1047{\cdot}9}\right)$ und Saturn $\left(\frac{1}{3501{\cdot}6}\right)$ Rücksicht genommen; lässt man als mittleres fixes Äquinoctium das des Jahres 1870·0 gelten, so erhält man die folgenden Störungswerthe der rechtwinkligen Ekliptical-Coordinaten, die ich in Einheiten der siebenten Decimale ansetze.

			Δx	Δy	Δz
1871	Febr.	5	$+ 72$	$- 36$	5
	März	17	$+ 8$	$- 4$	$- 1$
	April	26	$+ 7$	$- 5$	$- 1$
	Juni	5	$+ 63$	$- 47$	$- 5$
	Juli	15	$+171$	$- 136$	-13
	Aug.	24	$+325$	$- 274$	-25
	Oct.	3	$+512$	$- 463$	-39
	Nov.	12	$+714$	$- 721$	-53
	Dec.	22	$+916$	-1079	-64

		Δx	Δy	Δz
1872 Jän.	31	+ 1118	— 1589	— 68
März	11	+ 1345	— 2310	— 63
April	20	+ 1656	— 3297	— 51
Mai	30	+ 2137	— 4589	— 35
Juli	9	+ 2899	— 6192	— 22
Aug.	18	+ 4064	— 8075	— 23
Sept.	27	+ 5755	—10159	— 50
Nov.	6	+ 8077	—12326	—116
Dec.	16	+11110	—14414	—234
1873 Jän.	25	+14892	—16228	—416

Mit Hilfe dieser Zahlen, in Verbindung mit den obigen Elementen, war es nun sofort möglich, die Ephemeriden für das Jahr 1872 abzuleiten, und ich theile zunächst die genäherte Jahresephemeride mit, nachher habe ich die genaue Oppositionsephemeride angesetzt.

(113) Amalthea.

Jahresephemeride.

0^h Berl. Zeit		A. R.	Decl.	$\log \Delta$	$\log r$
1872 Jän.	11	$18^h 25^m 9$	$-21°21'$	0·509	0·360
„	31	19 8·3	—20 48	0·500	0·364
Febr.	20	19 48·7	—19 39	0·486	0·368
März	11	20 26·6	—18 1	0·465	0·371
„	31	21 1·1	—16 7	0·438	0·375
April	20	21 31·8	—14 10	0·404	0·378
Mai	10	21 57·8	—12 23	0·364	0·382
	30	22 18·0	—11 6	0·319	0·385
Juni	19	22 30·6	—10 34	0·270	0·388
Juli	9	22 33·8	—11 7	0·222	0·391
„	29	22 26·3	—12 45	0·185	0·394
Aug.	18	22 10·2	—15 6	0·171	0·397
Sept.	7	21 52·6	—17 12	0·188	0·399
„	27	21 41·8	—18 18	0·229	0·401
Oct.	17	21 41·7	—18 16	0·283	0·403
Nov.	6	21 51·7	—17 17	0·339	0·405
„	26	22 9·5	—15 34	0·390	0·407
Dec.	16	22 32·6	—13 14	0·435	0·408
	36	22 59·3	—10 28	0·473	0·409

Oppositionsephemeride.

12ʰ Berl. Zeit		α	δ	log Δ	Abrrzt.
1872 Aug	3	22ʰ22ᵐ30ˢ08	—13°22'13"3	0·178366	12ᵐ31ˢ
	4	22 21 44·95	—13 29 7·8	0·177386	12 29
	5	22 20 58·71	—13 36 6·7	0·176475	12 27
	6	22 20 11·44	—13 43 9·3	0·175634	12 26
	7	22 19 23·19	—13 50 15·1	0·174864	12 25
	8	22 18 34·03	—13 57 23·6	0·174167	12 23
	9	22 17 44·02	—14 4 34·3	0·173544	12 22
	10	22 16 53·22	—14 11 46·8	0·172995	12 21
	11	22 16 1·69	—14 19 0·4	0·172521	12 21
	12	22 15 9·49	—14 26 14·7	0·172124	12 20
	13	22 14 16·70	—14 33 29·1	0·171803	12 19
	14	22 13 23·37	—14 40 43·3	0·171559	12 19
	15	22 12 29·58	—14 47 56·7	0·171392	12 19
	16	22 11 35·39	—14 55 8·9	0·171304	12 19
	17	22 10 40·87	—15 2 19·5	0·171293	12 19
	18	22 9 46·07	—15 9 27·9	0·171360	12 19
	19	22 8 51·07	—15 16 33·7	0·171505	12 19
☍	20	22 7 55·91	—15 23 36·4	0·171729	12 19
	21	22 7 0·68	—15 30 35·6	0·172031	12 20
	22	22 6 5·44	—15 37 30·9	0·172411	12 20
	23	22 5 10·27	—15 44 22·0	0·172869	12 21
	24	22 4 15·22	—15 51 8·4	0·173406	12 22
	25	22 3 20·38	—15 57 49·6	0·174020	12 23
	26	22 2 25·81	—16 4 25·3	0·174710	12 24
	27	22 1 31·58	—16 10 55·1	0·175477	12 26
	28	22 0 37·76	—16 17 18·4	0·176321	12 27
	29	21 59 44·41	—16 23 35·0	0·177239	12 29
	30	21 58 51·62	—16 29 44·4	0·178231	12 30
	31	21 57 59·45	—16 35 46·4	0·179296	12 32
Sept.	1	21 57 8·00	—16 41 40·6	0·180434	12 34
	2	21 56 17·30	—16 47 26·7	0·181644	12 36
	3	21 55 27·42	—16 53 4·4	0·182923	12 39
	4	21 54 38·41	—16 58 33·5	0·184270	12 41
	5	21 53 50·35	—17 3 53·7	0·185685	12 43
	6	21 53 3·28	—17 9 4·7	0·187165	12 46
	7	21 52 17·27	—17 14 6·2	0·188710	12 49
	8	21 51 32·37	—17 18 58·2	0·190320	12 52

(113) ☍ ☉ Aug. 20, 19ʰ Lichtstärke = 0·78

Grösse = 11·5.